W0382564

Raiponce

illustrée par Magali Fournier

Il était une fois une jolie petite fille
qui s'appelait Raiponce.
Elle avait de beaux cheveux longs et blonds.

Ses parents habitaient à côté d'un beau jardin,
plein de jolies fleurs.
Hélas, il appartenait à une sorcière.
Et gare à celui qui s'y aventurerait !

Mais, un jour, la maman de Raiponce eut très envie de goûter les fleurs de la sorcière. Pour lui faire plaisir, son mari alla en cueillir en cachette.

La sorcière entendit du bruit dans son jardin !
Elle surgit devant l'homme et gronda :
« Que fais-tu chez moi ? C'est interdit de venir ici !
Pour la peine, je vais te prendre ta fille. »

Et les parents, en pleurant, virent
la méchante sorcière emmener Raiponce.

La sorcière enferma Raiponce dans une haute tour, sans porte, sans escalier et avec une toute petite fenêtre. Raiponce était très malheureuse !

Quand la sorcière apportait à manger à Raiponce, elle criait :
« Raiponce, envoie-moi ta tresse d'or ! »
Et, hop ! elle grimpait jusqu'en haut en se servant des longs cheveux blonds de Raiponce comme d'une corde.

Un jour, un prince qui se promenait
entendit la sorcière.
Curieux, il se cacha pour l'observer.
Lorsqu'il vit Raiponce à la fenêtre,
le prince sentit son cœur
se gonfler d'amour. Il allait la délivrer !

Quand la sorcière fut partie, le prince cria :
« Raiponce, envoie-moi ta tresse d'or. »
Et il monta jusqu'à la fenêtre.
Raiponce le trouva si beau qu'elle tomba aussitôt
amoureuse de lui.

Mais la sorcière les avait vus :
elle se mit très en colère !
Elle grimpa à son tour le long des cheveux
de Raiponce.

Heureusement, le prince l'attendait. Paf !
il l'envoya dans les ronces, au pied de la tour.
La sorcière se piqua les fesses. Ouille, ouille, ouille !

Alors le prince libéra Raiponce ;
elle retrouva ses parents
et tous vécurent heureux pendant très longtemps.

La petite poule rousse

illustrée par Paku

Il était une fois une petite poule rousse qui vivait tranquillement dans la forêt. Elle aimait broder, tricoter, raccommoder toute la journée.

Hélas, un renard et une renarde vivaient près de là.
– Oh ! que cette petite poule a l'air appétissante ! dit la renarde.
– Elle serait parfaite pour le dîner ! répondit le renard en se léchant les babines.

Le renard eut une idée. Il prit un grand sac en toile et se rendit chez Poule rousse. La petite poule était partie au marché, alors le renard entra dans la maison et se cacha. Puis il attendit patiemment.

Lorsque Poule rousse rentra chez elle, le renard bondit pour l'attraper. Heureusement, Poule rousse s'envola au dernier moment et se réfugia au sommet de l'armoire.

– Tu ne m'attraperas pas, vilain renard ! Oust !

Mais le renard n'avait pas dit son dernier mot.
Il se mit à tourner, tourner, tourner sur lui-même.
– Oh, arrête, coquin, tu me donnes le tournis !

Pauvre Poule rousse ! Elle perdit l'équilibre et tomba, tout étourdie.

Le renard la mit aussitôt dans son sac et retourna dans son terrier.

– Mmm, une petite poule pour le dîner !
dit la renarde en mettant la marmite
sur le feu pour faire bouillir l'eau.

Mais Poule rousse était courageuse. Elle sortit ses petits ciseaux de couture de sa poche et découpa un trou dans le sac. Ouf, elle était libre !

Sans faire de bruit, elle alla chercher une grosse pierre et la glissa dans le sac. Elle recousit le trou et s'enfuit.

Le renard et la renarde n'avaient rien vu. Ils étaient trop occupés à penser au bon repas qu'ils allaient faire.
Le renard apporta le sac près de la marmite.
– Oh comme elle est lourde, cette poule rousse !
On va se régaler !

La renarde et le renard soulevèrent le sac, ils se penchèrent au-dessus de la marmite et… Splash ! La pierre tomba dans l'eau bouillante et les éclaboussa !

– Ouille, ça brûle ! cria le renard.
– Aïe, aïe, aïe, j'ai mal ! cria la renarde.
Ils partirent en courant
et on ne les revit plus jamais.

La petite poule rousse continua de vivre très heureuse dans sa maisonnette, fière d'avoir donné une bonne leçon au renard et à la renarde.

La princesse au petit pois

illustrée par Christelle Galloux

Il était une fois un prince qui souhaitait de tout son cœur se marier avec une princesse. Il parcourut le monde sur son cheval pour trouver celle qu'il aimerait. Mais aucune des jeunes filles qu'il rencontra n'était pour lui une vraie princesse.

Le prince rentra chez lui très triste.

Un soir, une tempête éclata. Il pleuvait très fort,
quand soudain : « Toc, toc, toc. »
Quelqu'un frappa à la porte.
– Qui peut bien venir au château à cette heure-ci ?
se demanda le roi.

Quand il ouvrit la porte, il découvrit une jeune fille trempée de la tête aux pieds.

L'inconnue dit en tremblant de froid :
– Je suis une princesse, je me suis perdue dans la forêt.
Le roi était très gentil, il proposa à la jeune fille de dormir au château.

Mais en la voyant, la reine pensa : « Une princesse ? Cette fille toute mouillée et décoiffée ne peut pas être une princesse, pas une vraie princesse en tout cas ! »

La reine se méfiait. Mais elle savait comment reconnaître une vraie princesse. Elle se faufila dans la chambre de l'invitée en tenant quelque chose caché dans le creux de sa main.

C'était un petit pois !

La reine posa le petit pois sur le lit et empila par-dessus vingt matelas et vingt édredons.

– Nous saurons vite qui est cette jeune fille.

Celle-ci entra à son tour dans la chambre.

– Oh, comme ce lit a l'air confortable !
Je sens que je vais bien dormir !
Elle souhaita bonne nuit à la reine et se coucha
bien au chaud sous la couette.

Le lendemain matin, lorsque la jeune fille se réveilla, la reine lui demanda :

– Avez-vous bien dormi, princesse ?

– Oh non, j'ai passé une nuit horrible. Il y avait quelque chose de très dur au fond de mon lit. Ouille, que j'ai mal au dos ! Aïe, j'ai des bleus partout !

La reine alla chercher son fils et lui dit :
– Incroyable ! Elle a senti le petit pois caché sous les vingt matelas et les vingt édredons. Seule une vraie princesse peut être aussi sensible !

Émerveillé, le prince tomba amoureux de la jeune fille.
Il avait trouvé la princesse de sa vie !

Jack et le haricot magique

illustré par Crescence Bouvarel

Il était une fois un petit garçon qui s'appelait Jack.
Sa maman et lui étaient très pauvres,
ils ne possédaient qu'une vieille vache.

Un jour, la vache ne donna plus de lait.
Jack et sa maman ne pouvaient plus la garder avec eux.
– Je vais la vendre au marché, dit Jack.
Malheureusement, personne ne voulut l'acheter…

Sur le chemin du retour, Jack rencontra un homme étrange qui lui dit :

– Si tu me donnes ta vache, je te donne cinq graines de haricots magiques !
– Des graines magiques ? D'accord, marché conclu ! répondit Jack.

Quand il rentra chez lui, Jack se fit gronder par sa maman.
– Tu devais ramener de l'argent, pas des haricots !
Et elle jeta les graines par la fenêtre.

Le lendemain matin, Jack se réveilla tout triste.
Il regarda par la fenêtre de sa chambre, et… surprise !
Un immense haricot avait poussé dans le jardin.
Il était si grand qu'il touchait les nuages.
Ces graines étaient bel et bien magiques !

– Jusqu'où grimpe donc ce haricot ?
se demanda Jack.
Il décida sans attendre
d'escalader la plante.
Au sommet, une route
menait à un château.
C'était celui d'un ogre.

Lorsque Jack frappa à la porte,
la femme de l'ogre s'écria :
– Mon petit, cache-toi vite,
ou mon mari te mangera !

Boum, boum, boum ! L'ogre arrivait.
Vite ! Jack se cacha dans le four.
– Oh, oh, ça sent la chair fraîche !
Il y a un petit garçon par ici !
– Mais non, c'est le rôti que j'ai fait cuire. Viens manger,
répondit la femme de l'ogre.

Après son repas, l'ogre sortit une poule de sa cage.
– Ponds-moi un œuf ! lui ordonna-t-il.
Cot, cot, cot, la poule pondit un énorme œuf en or.
Fier de son trésor, l'ogre s'endormit.
Alors Jack sortit de sa cachette, prit la poule et s'enfuit.

Il était presque arrivé en bas
du haricot magique quand…
Boum, boum, boum ! tout se mit à trembler.
– Rends-moi ma poule !
Je vais te manger ! criait l'ogre.

Jack descendit le plus vite possible. Arrivé sur la terre ferme, il prit une hache et coupa l'épaisse tige.
Ouf ! L'ogre était coincé en haut,
Jack était sauvé.

Grâce à la poule aux œufs d'or,
Jack et sa maman furent riches
et heureux pour toujours.

Le loup et les 7 chevreaux

Illustrés par Prisca Le Tandé

Il était une fois une maman chèvre
qui avait sept chevreaux. Un jour, elle leur dit :
– Mes chéris, je vais au marché. Surtout ne laissez
pas entrer le loup !

Maman chèvre était à peine partie qu'on frappa à la porte.
– Toc, toc, toc, mes petits, c'est votre maman, ouvrez !
L'aîné des chevreaux répondit :
– Tu n'es pas notre maman !
Le deuxième dit :
– Tu as une grosse voix ! Tu es le loup !
Le troisième s'écria :
– On ne t'ouvrira pas !

Contrarié, le loup courut à l'épicerie. Il acheta un morceau de craie et le mangea. Puis il retourna chez les chevreaux.

– Toc, toc, toc, mes petits, laissez entrer votre maman, dit-il d'une petite voix adoucie par la craie.

Les chevreaux reconnurent les pattes noires du loup posées sur le rebord de la fenêtre.

– Les pattes de notre maman sont blanches ! dit le quatrième chevreau.

– Va-t'en, méchant loup ! cria le cinquième.

Fâché, le loup courut jusqu'au moulin. Il trouva un sac de farine et plongea ses pattes dedans.

– Toc, toc, toc, mes petits, ouvrez la porte
à votre maman, murmura le loup.
Le sixième chevreau répondit :
– Avant, montre-nous tes pattes !
Le loup les posa devant la fenêtre.
Elles étaient toutes blanches.

Les chevreaux crurent que c'était leur maman et ouvrirent la porte. Le loup entra et gloup ! il les mangea tout crus ! Seul le septième chevreau eut le temps de se cacher dans l'horloge et échappa au loup.

Lorsque maman chèvre rentra enfin, son petit sortit de sa cachette et lui raconta toute l'histoire.
Maman chèvre était très triste :
– Mes pauvres chéris ! murmura-t-elle.

Soudain, elle entendit de gros ronflements.
C'était le loup qui dormait près de là.

Bien décidée à sauver ses petits, maman chèvre ouvrit le ventre du loup. Et là, un, deux, trois, quatre, cinq, six chevreaux en sortirent. Ouf ! ils étaient tous en vie ! Maman chèvre glissa de grosses pierres dans le ventre du loup avant de le recoudre.

À son réveil, le loup avait très soif. Il alla jusqu'au puits et se pencha pour boire. Les pierres qu'il avait dans le ventre étaient si lourdes que plouf ! il tomba dans l'eau. Et on ne le revit plus jamais.

– Bouh ! Il ne fallait pas
être si méchant, vilain loup !
crièrent les sept chevreaux.
Et ils firent un gros câlin à leur maman.

Le petit poucet

illustré par Hervé le Goff

Il était une fois un couple de bûcherons qui vivait avec leurs sept petits garçons. Comme le dernier était tout petit, tout riquiqui, et pas plus gros qu'un pouce, on l'appelait le Petit Poucet.

Hélas, les parents, très pauvres,
ne pouvaient plus nourrir leurs enfants.
« Demain, nous les abandonnerons dans la forêt »,
se dirent les parents en pleurant.
Heureusement, le Petit Poucet avait tout entendu.
Alors, il cacha dans ses poches des miettes de pain.

Le lendemain, la famille alla dans la forêt.
Le Petit Poucet sema les miettes sur le chemin.
Pas question de se perdre !

Pendant que les enfants jouaient,
les parents s'enfuirent sans un bruit.
« Où sont nos parents ? Où sont nos parents ? »
s'écrièrent les enfants en pleurant.
« Séchez vos larmes et suivez-moi ! » dit le Petit Poucet.

Le Petit Poucet chercha les miettes de pain.
Mais, hélas, elles avaient disparu !
Les oiseaux les avaient toutes mangées !

Les sept enfants errèrent dans la forêt.
Soudain, à la nuit tombée, ils aperçurent
une maison. Ils frappèrent à la porte.
C'était la maison de l'ogre !
« Entrez, les enfants, dit l'ogresse.
Et cachez-vous ! Ainsi mon mari
ne vous trouvera pas. »

Mais l'ogre avait du flair.
« Miam, ça sent la chair fraîche ! » dit-il en rentrant chez lui.
Et il trouva les enfants derrière le fauteuil !
Il allait les gober tout rond, quand sa femme s'écria :
« Vous avez déjà mangé ce soir !
Vous les mangerez demain.
– Tu as raison », grogna l'ogre.

Tout le monde alla se coucher. Les sept petites filles de l'ogre, une couronne d'or sur la tête, dormaient dans un grand lit. Les sept garçons se couchèrent dans le lit d'à côté.
Dans la nuit, le Petit Poucet échangea les couronnes des ogresses contre les bonnets de ses frères.

Ouf, il avait bien fait, car l'ogre se réveilla
et entra dans la chambre.
Il toucha les bonnets sur la tête de ses filles
et crut qu'il s'agissait du Petit Poucet et de ses frères.
1, 2, 3, 4, 5, 6, 7… L'ogre avala ses sept filles
d'un coup et alla se recoucher.

« Vite, levez-vous », chuchota le Petit Poucet à ses frères.
Et ils s'enfuirent dans la forêt.
Quand l'ogre se réveilla, il se mit très en colère.
Il chausse ses bottes magiques de sept lieues et poursuivit les enfants en sautant de colline en colline.
Boum, boum, le sol tremblait sous ses pas !

Les enfants se cachèrent sous un rocher. L'ogre, fatigué, se coucha près d'eux sans les voir et, ron pchi, il se mit à ronfler. Alors, le Petit Poucet enleva les bottes de l'ogre, doucement, tout doucement, pour ne pas le réveiller.

Le Petit Poucet chaussa les bottes magiques
de sept lieues et courut chez l'ogresse.
« Des voleurs retiennent votre mari, lui raconta-t-il.
Pour le libérer, il faut leur donner tout son or. »
Alors, l'ogresse, pour sauver son époux, donna
tout ce qu'elle avait au Petit Poucet.

Le Petit Poucet revint chez lui avec l'or et ses frères.
Grâce à lui, la famille ne fut plus jamais pauvre, et les parents furent heureux de pouvoir garder leurs enfants avec eux.

Le chat botté

illustré par Ursula Bucher

Il était une fois un garçon qui ne possédait qu'un chat.
« Comment gagner de l'argent avec un chat ? »
se plaignait-il. L'animal, qui était très malin, miaula :
« Maître, donne-moi une paire de bottes, un sac,
et je t'aiderai à devenir riche. »

Le maître lui donna une paire de bottes et un sac.
Le chat botté partit sur les chemins et hop !
il attrapa un lapin.

Le chat botté eut une idée !
Il apporta le lapin au roi et rusa :
« Sire, voici un lapin de la part du marquis de Carabas.
– Merci ! » répondit le roi, très surpris de ce nom qu'il ne connaissait pas.

Le lendemain, le chat botté lui offrit deux poules.
Et il revint tous les jours avec des cadeaux.
Le roi était toujours très surpris,
mais aussi très flatté.

Un jour, le roi se promenait avec sa fille, qui était très belle.
Le chat botté eut une idée ! Il miaula à son maître :
« Jette tes vêtements, baigne-toi dans la rivière,
et tu seras riche ! »

Quand le roi passa en carrosse près de la rivière,
le chat botté cria :
« Au secours, au secours, le marquis de Carabas se noie !
Et des voleurs lui ont pris ses habits ! »

Vite, le roi aida le marquis et lui donna
de beaux vêtements secs.
Il l'invita dans son carrosse. Le marquis vit
la jolie princesse et il tomba aussitôt
amoureux d'elle !

Pendant ce temps, le chat botté galopa
jusqu'au château d'un ogre très riche et très fier.
Il fallait se débarrasser de lui !
Le chat eut une idée !

Le chat botté s'approcha de l'ogre et miaula :
« Il paraît que vous pouvez vous changer en lion ! »
L'ogre se transforma en lion, très fier de lui.

Le chat botté miaula encore :
« Il paraît aussi que vous pouvez vous changer en souris. »
L'ogre se transforma en souris, très fier de lui.
Alors, le chat bondit sur la souris et croc !
il l'avala toute crue.

Quand le carrosse arriva près du château,
le chat botté cria au roi :
« Votre Majesté, soyez la bienvenue
dans le château du marquis de Carabas. »
Le roi fut très impressionné ! C'était décidé,
sa fille épouserait le marquis de Carabas !
Le maître du chat botté se maria avec la fille du roi
et devint très riche.

Quant au chat botté, il n'eut plus besoin de chasser.
Sauf pour s'amuser !

Boucle d'or
et les trois ours

illustrés par Elen Lescoat

Il était une fois trois ours qui vivaient dans une jolie maison dans la forêt. Il y avait Papa Ours, Maman Ours et Petit Ours.

Un matin, Maman Ours prépara une grande marmite de soupe.
Mais, ouille ! La soupe était trop chaude !
« En attendant qu'elle refroidisse, allons nous promener ! »
proposa Papa Ours.

Une petite fille arriva près de la maison des trois ours.
Ses cheveux étaient si blonds et bouclés
qu'on l'appelait Boucle d'or.
Elle regarda par la fenêtre. Personne.
La porte n'était pas fermée à clef.
Boucle d'or entra.

Boucle d'or vit les fauteuils des trois ours.
Elle essaya de s'asseoir dans le grand fauteuil de Papa Ours.
« Oh ! Il est trop haut ! »

Elle s'assit dans le fauteuil de Maman Ours.
« Oh ! Il est trop mou ! »
Enfin, elle s'assit dans le petit fauteuil de Petit Ours.
« Ah ! Il est parfait ! » dit Boucle d'or. Mais… CRAC !
le pied du fauteuil se cassa,
et Boucle d'or se retrouva par terre.

Boucle d'or vit la soupe dans les trois bols.
Elle goûta la soupe de Papa Ours.
« Beurk ! Elle est trop salée ! »
Elle goûta alors la soupe de Maman Ours.
« Beurk ! Elle est trop sucrée ! »

Elle goûta enfin celle de Petit Ours.
« Miam ! Elle est délicieuse ! »
Et Boucle d'or l'avala jusqu'à la dernière goutte.

Dans la chambre des ours, Boucle d'or essaya de grimper sur le lit de Papa Ours.
« Oh ! Il est trop haut ! »
Puis elle s'allongea sur le lit de Maman Ours.
« Oh ! Il est trop mou ! »

Elle se coucha alors dans le lit de Petit Ours.
« Oh ! Il est si moelleux ! » dit Boucle d'or.
Et elle s'endormit aussitôt.

En rentrant, les trois ours virent que quelqu'un avait touché à leur soupe.

« On a goûté ma soupe ! gronda Papa Ours.

– On a aussi goûté ma soupe ! s'écria Maman Ours.

– On a mangé toute ma soupe ! » dit Petit Ours en pleurant.

Ils virent ensuite que quelqu'un s'était assis dans leur fauteuil.
« On s'est assis dans mon fauteuil, gronda Papa Ours.
– On s'est aussi assis dans mon fauteuil ! s'écria Maman Ours.
– On a cassé mon fauteuil ! » dit Petit Ours en pleurant.

Dans leur chambre, les trois ours virent qu'on avait touché à leur lit.
« On a voulu grimper sur mon lit ! gronda Papa Ours.
– On s'est allongé sur le mien ! » s'écria Maman Ours.

Petit Ours vit Boucle d'or qui dormait dans son lit.
« Une petite fille dort dans mon lit ! » s'étonna Petit Ours.

La petite voix de Petit Ours réveilla Boucle d'or.
Quand elle vit les trois ours qui la regardaient,
Boucle d'or eut si peur qu'elle bondit du lit et sauta par la fenêtre.
Elle s'enfuit bien vite et ne revint plus jamais chez les trois ours.

Hansel et Gretel

illustrés par Gretchen Von S.

Il était une fois deux enfants
qui s'appelaient Hansel et Gretel.

Leurs parents étaient très pauvres
et ne pouvaient plus les nourrir.
« Demain, nous les abandonnerons dans la forêt »,
se dirent les parents en pleurant.

Le lendemain, la famille alla dans la forêt.
À midi, Hansel et Gretel se partagèrent
un morceau de pain.
Puis ils s'endormirent pendant que leurs parents
coupaient du bois.

Au réveil, les enfants étaient tout seuls !
Leurs parents avaient disparu.

Apeurés, Hansel et Gretel marchèrent
très longtemps dans la forêt.
Ils avaient faim ! Ils avaient froid !

À la tombée de la nuit, ils découvrirent
une drôle de maison.
Les murs étaient en pain d'épice, le toit en chocolat,
les fenêtres à la barbe à papa !
Hansel goûta la poignée de porte en praliné.
Gretel croqua un volet en bonbon.

Soudain, les enfants entendirent
une voix terrifiante :
« Et j'te grignote et grignotons,
qui me grignote ma maison ? »

Oh ! Une vilaine sorcière surgit de la maison
et attrapa les enfants.

Elle enferma Hansel dans une cage
et obligea Gretel à balayer et laver le sol !
La sorcière nourrissait Hansel de sucres d'orge,
de pâte d'amandes et de biscuits.
Elle voulait engraisser le petit garçon pour le dévorer !

Mais Hansel ne mangeait pas beaucoup
et la sorcière en avait assez d'attendre !
Tant pis ! Elle le mangerait quand même !
Elle alluma le four.

La vilaine sorcière dit à Gretel :
« Entre dans le four pour voir s'il est chaud. »
Elle voulait aussi manger la petite fille,
mais Gretel avait tout deviné !
« Je ne sais pas comment faire », répondit-elle.

La sorcière, qui était aussi bête que méchante,
ouvrit le four brûlant pour lui montrer.
Et hop ! Gretel la poussa à l'intérieur.

Vite, Gretel libéra son frère !
Les enfants découvrirent un trésor
dans le coffre de la sorcière.
Ils remplirent leurs poches d'or
et de pierres précieuses.

Hansel et Gretel marchèrent très longtemps
et retrouvèrent leur maison.
Ils se jetèrent dans les bras de leurs parents,
heureux de les retrouver, et toute la famille
vécut longtemps et dans la joie.

Les trois petits cochons

illustrés par Pascal Vilcollet

Il était une fois trois petits cochons
qui vivaient avec leur maman dans une jolie maison.
Un jour, elle dit à ses enfants :

« Vous êtes grands maintenant.
Vous devez partir et construire votre propre maison. »
Les trois petits cochons préparèrent un baluchon,
embrassèrent leur maman et s'en allèrent.

Le premier petit cochon s'installa près d'un champ.
« Je vais construire une jolie maison de paille ! » s'écria-t-il.

Le deuxième petit cochon s'installa près d'une forêt.
« Je vais construire une jolie maison de bois ! » s'écria-t-il.
Le troisième petit cochon s'installa sur une colline.
« Je vais construire une solide maison de brique ! » s'écria-t-il.
Et tous les trois se mirent à l'ouvrage.

Les petits cochons couraient, sautaient et dansaient,
tout contents d'avoir construit leur maison.
Soudain, le loup les aperçut.

« Miam ! Comme ces petits cochons ont l'air tendres !
Lequel mangerai-je en premier ? se demanda le loup
en se léchant les babines.
Peut-être le petit cochon qui habite
dans la maison de paille ! »

Le loup frappa à la porte de la maison de paille
du premier petit cochon.
« Gentil petit cochon, je peux entrer ?
– Non, vilain loup, va-t-en ! s'écria le petit cochon, effrayé.

– Alors, je vais souffler, souffler, et ta maison s'envolera ! »
Le loup gonfla ses joues, souffla, souffla,
et la maison de paille s'envola.
« Au secours ! » cria le petit cochon,
et il courut vers la maison de bois de son frère.

Bientôt, le loup frappa à la porte
de la maison de bois du deuxième petit cochon.
« Gentils petits cochons, je peux entrer ?
– Non, vilain loup, va-t-en ! s'écrièrent les deux frères, effrayés.

– Alors, je vais souffler, souffler, et votre maison s'envolera ! »
Le loup gonfla ses joues, souffla, souffla,
et la maison de bois s'envola.
« Au secours ! » crièrent les petits cochons,
et ils coururent vers la maison de brique de leur frère.

Bientôt, le loup frappa à la porte
de la maison de brique du troisième petit cochon.
« Gentils petits cochons, je peux entrer ?
– Non, vilain loup, va-t-en ! s'écrièrent les trois frères, effrayés.

– Alors, je vais souffler, souffler, et votre maison s'envolera ! »
Le loup gonfla ses joues, souffla, souffla, souffla…
Mais cette fois-ci, il ne réussit pas à renverser la maison de brique. Elle était trop solide !

Le loup était tout rouge de colère.
Il s'en alla chercher une échelle.
« Je passerai par la cheminée ! » cria le loup.
Alors les petits cochons allumèrent un grand feu
dans la cheminée et y posèrent un chaudron rempli d'eau.

Quand le loup descendit par la cheminée, il tomba dans
le chaudron bouillant et se brûla le derrière.
Il repartit bien vite par la cheminée en criant de douleur
et les petits cochons n'entendirent plus jamais parler de lui.

Blanche-Neige

illustrée par Lucie Brunellière

Il était une fois une jolie petite fille à la peau si blanche qu'elle s'appelait Blanche-Neige.

Un jour, le roi, son père, se remaria.
Sa nouvelle femme était belle,
mais elle était aussi très méchante et très jalouse.

Chaque jour, la reine interrogeait son miroir magique :
« Ô miroir, mon beau miroir ! Dis-moi qui est la plus belle ! »
Et le miroir lui répondait toujours :
« Ô reine, vous êtes la plus belle du royaume ! »

Mais un jour, quand la reine demanda
à son miroir magique :
« Ô miroir, mon beau miroir !
Dis-moi qui est la plus belle ! » le miroir lui répondit :
« Ô Reine, vous êtes très belle,
mais Blanche-Neige est la plus
belle du royaume ! »

Alors, la reine jalouse fit abandonner
Blanche-Neige au fond des bois !
Les animaux sauvages la croqueraient !
Effrayée, Blanche-Neige marcha longtemps dans la nuit.
Soudain, elle se retrouva devant une maisonnette dans une clairière.

En entrant, Blanche-Neige découvrit sept petites assiettes, sept petites chaises et sept petits lits.
Très fatiguée, elle décida, après avoir bien mangé, d'aller se coucher.

Sept nains arrivèrent au beau milieu de la nuit. Ils revenaient de leur travail à la mine. « Quelqu'un a mangé dans mon assiette ! » rouspéta l'un d'eux. « Quelqu'un a bu dans mon verre ! » s'écria un autre.

Les sept nains montèrent à l'étage. Et là, que virent-ils ?
Une jolie petite fille qui dormait paisiblement.
En se réveillant, Blanche-Neige leur raconta ses malheurs.
Les nains lui proposèrent de rester chez eux.

Pendant ce temps, la méchante reine questionna de nouveau son miroir magique :
« Ô miroir, mon beau miroir ! Dis-moi qui est la plus belle ! »
Et le miroir magique répondit :
« Ô reine, vous êtes très belle, mais Blanche-Neige est la plus belle du royaume ! »

La reine se mit très en colère.
Elle empoisonna une pomme, puis
elle se déguisa en vieille paysanne,
et en route chez les sept nains !

Quand la vilaine reine vit Blanche-Neige,
elle lui dit :
« Hin, hin, hin, laisse-moi t'offrir cette pomme,
jolie petite fille. »
Blanche-Neige répondit :
« Miam, cette pomme a l'air délicieuse ! »
Et elle croqua dans le fruit.

Et pouf, la petite fille tomba dans un profond sommeil !
La reine partit en ricanant :
« Ha, ha, ha ! Blanche-Neige n'est plus !
Je suis la plus belle ! »

Quand les sept nains découvrirent leur amie endormie pour toujours, ils furent très tristes !
Alors, ils la couchèrent sur un lit de fleurs afin de pouvoir toujours la regarder.

Un jour, un prince charmant vit Blanche-Neige.
Qu'elle était belle ! Il tomba amoureux d'elle,
l'embrassa et elle se réveilla !
Depuis, Blanche-Neige est la plus belle du royaume.
Bien fait pour la vilaine reine !

Le vilain petit canard

illustré par Mayana Itoïz

Il était une fois une maman cane qui eut un jour quatre canetons. En les voyant sortir de leur coquille, elle eut une drôle de surprise.

Les trois premiers petits canards étaient jaunes, mais le dernier, tout gris, ne ressemblait pas à ses frères et sœurs. « Quel étrange caneton ! » se dit la maman cane.

Le lendemain, maman cane présenta
ses canetons aux autres animaux
de la basse-cour.
« Quelle est cette bestiole ? »
se moqua la poule
en apercevant le caneton gris.
« Que tu es laid ! » s'écria le dindon.

« Personne ne veut de toi, ici », gronda l'oie.
Et elle essaya de mordre le pauvre caneton.
Tout triste, le vilain petit canard quitta la basse-cour
et il partit découvrir le monde.

Sur sa route, le vilain petit canard
rencontra un chasseur et son chien :
« Bouh ! Tu es tellement laid que je refuse de te croquer ! »
aboya le chien de sa grosse voix.
Effrayé, le vilain petit canard s'enfuit
et continua son chemin.

Un jour, le vilain petit canard aperçut de grands oiseaux blancs qui volaient dans le ciel.
Qu'ils étaient beaux !
« J'aimerais tant leur ressembler ! » se dit le caneton en versant une grosse larme.

Mais, plein de courage, il continua son voyage.
Quelque temps plus tard, il découvrit une petite maison.
Un chat et une poule y vivaient.

« Cot, cot ! Regarde, je ponds un œuf.
Sais-tu le faire toi aussi ? demanda la poule.
– Ronronron ! Regarde, je ronronne.
Sais-tu le faire toi aussi ? demanda le chat.
– Non, je suis un canard, je ne peux pas »,
leur répondit le vilain petit canard.

La poule et le chat, qui étaient méchants,
le mirent donc à la porte.
C'était l'hiver à présent et le vilain petit canard continua
sa route dans les bois gelés. Il avait si froid !

Un matin, le vilain petit canard arriva devant un lac.
Plouf ! Il sauta dans l'eau et se mit à nager,
mais il se trouva vite prisonnier dans la glace !
Il cria : « Au secours ! Au secours ! »
Heureusement, une famille passait par là et le sauva.

Le vilain petit canard passa l'hiver bien au chaud dans leur belle maison. Mais dès que le printemps pointa le bout de son nez, il décida de repartir à l'aventure.

Un jour, le vilain petit canard aperçut sur le lac les grands oiseaux blancs qu'il avait admirés dans le ciel. En s'approchant de plus près pour les observer, il vit son reflet dans l'eau.

Oh ! Mais que lui était-il arrivé ? Le vilain petit canard était devenu un beau cygne blanc, pareil à ces grands oiseaux ! Et il put enfin vivre heureux avec sa vraie famille.

Le petit chaperon rouge

illustré par Rosalinde Bonnet

Il était une fois une très jolie petite fille.
Tout le monde l'appelait le Petit Chaperon rouge.
Un jour, sa maman lui dit :
« Ta mère-grand est malade. Apporte-lui cette galette
et ce petit pot de beurre. »

Le Petit Chaperon rouge prit son panier
et s'en alla, en passant par la forêt.

Dans la forêt, le Petit Chaperon rouge
rencontra un grand loup gris.
« Bonjour, petite fille, où vas-tu donc ?
lui demanda le loup de sa grosse voix.
– Je vais voir ma mère-grand qui habite de l'autre
côté de la forêt. Je lui apporte une galette
et un petit pot de beurre »,
répondit le Petit Chaperon rouge.

Alors le loup courut bien vite chez la mère-grand.
Il frappa à la porte. Toc, toc, toc.
« Qui est là ? demanda la mère-grand.
– C'est le Petit Chaperon rouge, répondit
le loup de sa plus petite voix.
– Tire la chevillette et la bobinette cherra »,
dit la mère-grand.

Le méchant loup tira la chevillette et entra dans la maison.
Il sauta sur le lit et avala la mère-grand tout rond !
Puis il se cacha sous les couvertures pour attendre
le Petit Chaperon rouge.

Quelques instants plus tard,
le Petit Chaperon rouge frappa à la porte.
Toc, toc, toc.
« Qui est là ? demanda le loup
en imitant la voix de la mère-grand.
– C'est moi, le Petit Chaperon rouge.
– Tire la chevillette et la bobinette cherra »,
répondit le loup.

Le Petit Chaperon rouge entra et s'approcha du lit.
« Mère-grand, que vous avez de grands bras !
– C'est pour mieux t'embrasser, mon enfant !
– Mère-grand, que vous avez de grandes oreilles !
– C'est pour mieux t'entendre, mon enfant !

– Mère-grand, que vous avez de grands yeux !
– C'est pour mieux te voir, mon enfant !
– Mère-grand, que vous avez de grandes dents !
– C'est pour mieux te manger, mon enfant ! »

Et en disant ces mots, le méchant loup se jeta sur le Petit Chaperon rouge et la goba d'un coup.

AH !

Heureusement, un chasseur qui passait par là entendit tout. Il entra, attrapa le loup par les pattes de derrière et le secoua de haut en bas.
Hop ! Le Petit Chaperon rouge et sa mère-grand sortirent du ventre du loup.

« Merci, monsieur le chasseur !
Il faisait bien noir là-dedans ! » s'écrièrent
le Petit Chaperon rouge et sa mère-grand.

Le chasseur donna un coup de pied dans les fesses
du loup, qui s'enfuit en criant.
On ne le revit plus jamais dans la forêt.

FLEURUS

Illustration de couverture : Prisca Le Tandé

Illustrateurs : Magali Fournier, Paku, Christelle Galloux, Crescence Bouvarel, Prisca Le Tandé, Hervé le Goff, Ursula Bucher, Elen Lescoat, Gretchen Von S., Pascal Vilcollet, Lucie Brunellière, Mayana Itoïz et Rosalinde Bonnet

Direction : Guillaume Pô - Direction éditoriale : Sarah Malherbe Édition : Claire Renaud, Margaux Manchon, Magali Corbel - Direction artistique : Élisabeth Hebert Graphiste : Maïté Dubois - Mise en page : Les PAOistes - Design graphique de la couverture et sommaire : Mathilde Dufau
Direction de fabrication : Thierry Dubus - Fabrication : Marie Guibert

© Fleurus, 2021
www.fleuruseditions.com

ISBN : 9782215176992
MDS : 592589N1
Tous droits réservés pour tous pays.
« Loi n°49-956 du 16 juillet 1949 sur les publications destinées à la jeunesse, modifiée par la loi n°2011-525 du 17 mai 2011 »

FSC
www.fsc.org
MIXTE
Papier issu de sources responsables
FSC® C020353

N° d'édition : J21341
Achevé d'imprimer en août 2021 en Slovaquie par Neografia
Dépôt légal : septembre 2021